AF359372

VENTE

Du Mardi 1er Avril 1873

TABLEAUX

PAR

Eugène LAVIEILLE

Mᵉ BOUSSATON

Commissaire-Priseur, rue de la Victoire, 39

M. DURAND-RUEL, EXPERT

Rue Laffitte, 16

IMPRIMERIE J. CLAYE
PARIS

VENTE

DE

TABLEAUX

DE

Eugène LAVIEILLE

PAYSAGISTE

HOTEL DROUOT, SALLE N° 8

Le Mardi 1ᵉʳ Avril 1873

A TROIS HEURES PRÉCISES

PAR LE MINISTÈRE DE **Mᵉ BOUSSATON**, COMMISSAIRE - PRISEUR
Rue de la Victoire, 59

ASSISTÉ DE **M. DURAND-RUEL**, EXPERT
Rue Laffitte, 16

EXPOSITIONS

PARTICULIÈRE	PUBLIQUE
Le Dimanche 30 Mars 1873	Le Lundi 31 Mars 1873

DE UNE HEURE A CINQ HEURES

1873

A MON TRÈS-CHER ET VÉNÉRÉ MAITRE

MONSIEUR COROT

Les tableaux que je réunis aujourd'hui sont l'œuvre de six années.

Tant qu'a duré ce travail, je n'ai pas cessé d'avoir présent à l'esprit le souvenir de vos excellents conseils, de vos salutaires encouragements.

En vous offrant ici un public hommage de ma gratitude, je ne fais que reconnaître la dette de toute ma vie.

Si ce travail obtient quelque succès, qu'il vous soit attribué !

A vous donc, mon bon et vénéré Maître, je dédie mon œuvre.

EUGÈNE LAVIEILLE.

Paris, Mars 1873.

DÉSIGNATION

1. — Route de Waban à Berck (Pas-de-Calais).

$$\text{H., } 0^m,98. \text{ L., } 1^m,30.$$

2. — La Moisson à l'heure de midi. Salon de 1872.

$$\text{H., } 0^m,94. \text{ L., } 1^m,50.$$

3. — Vaches traversant une clairière.

$$\text{H., } 0^m,62. \text{ L., } 1^m,00.$$

4. — Un Coin de forêt, cerf et biche.

$$\text{H., } 0^m,62. \text{ L., } 0^m,98.$$

5. — Une Matinée en forêt, vaches en marche.

$$\text{H., } 0^m,62. \text{ L., } 0^m,98.$$

6. — Vaches en forêt. Fontainebleau.

H., 0^m,62. L., 0^m,92.

7. — Vaches traversant un ruisseau.

H., 0^m,84. L., 0^m,65.

8. — Vaches traversant un gué, soir. Marais de la Bresle.

H., 0^m,47. L., 0^m,85.

9. — Le Ravin.

H., 0^m,54. L., 0^m,73.

10. — La Maison de sevrage.

H., 0^m,63. L., 0^m,47.

11. — Un Soir d'hiver en forêt, neige.

H., 0^m,64. L., 0^m,47.

12. — Une Nuit d'octobre, clair de lune.

H., 0^m,47. L., 0^m,63.

13. — Effet de neige. Fontainebleau.

H., 0^m,47. L., 0^m,63.

14. — Fontainebleau. Rochers, avril.

H., 0ᵐ,52. L., 0ᵐ,72.

15. — Une Ferme en Normandie. Effet de neige.

H., 0ᵐ,44. L., 0ᵐ,72.

16. — Une Nuit après l'orage, clair de lune.

H., 0ᵐ,44. L., 0ᵐ,72.

17. — Un Fournil en Normandie.

H., 0ᵐ,44. L., 0ᵐ,72.

18. — Plage de Berck (Pas-de-Calais). Un Grain.

H., 0ᵐ,44. L., 0ᵐ,72.

19. — Plage de Berck (Pas-de-Calais), soir, marée basse.

H., 0ᵐ,44. L., 0ᵐ,72.

20. — Cerf au repos, sous une futaie. Fontainebleau.

H., 0ᵐ,58. L., 0ᵐ,35.

21. — Bouleaux et Pins.

H., 0ᵐ,58. L., 0ᵐ,35.

22. — Bouleaux, rocher Besnard après midi. Automne.

H., 0^m,58. L., 0^m,35.

23. — Pommiers en fleur.

H., 0^m,35. L., 0^m,58.

24. — Au rocher Besnard. Avril.

H., 0^m,35. L., 0^m,58.

25. — Une Saulée, après midi. Moret-sur-Loing.

H., 0^m,35. L., 0^m,59.

26. — Les Petits Dénicheurs.

H., 0^m,48. L., 0^m,32.

27. — Saules, environs de Moret-sur-Loing.

H., 0^m,32. L., 0^m,59.

28. — Saules, matin, environs de Moret-sur-Loing.

H., 0^m,32. L., 0^m,59.

29. — Après l'orage, vaches au pré.

H., 0^m,32. L., 0^m,59.

30. — Bouleau, un soir au rocher Besnard.

H., 0^m,45. L., 0^m,34.

31. — Cavalier rentrant. Clair de lune.

H., 0^m,45. L., 0^m,34.

32. — Précy-à-Mont, après midi. Neige.

H., 0^m,32 L., 0^m,52.

33. — 26 octobre 1869. Neige.

H., 0^m,28. L., 0^m,49.

34. — Une Plaine. Neige.

Haut., 0^m,28. Larg., 0^m,49.

35. — Vaches au repos. Coucher de soleil.

H., 0^m,28. L., 0^m,49.

36. — Une Mare au Mont-Éveu, mai. Fontainebleau.

H., 0^m,28. L., 0^m,49.

37. — Le Clocher de Moret-sur-Loing, vu de la Fouille.

H., 0^m,28. L., 0^m,49.

38. — Bouleaux, petite futaie.

H., 0^m,49. L., 0^m,28.

39. — Charme. Fontainebleau.

H., 0^m,49. L., 0^m,28.

40. — Bouleau et Pins. Avril.

H., 0^m,49. L., 0^m,28.

41. — Bouleau, rocher Besnard. Printemps.

H., 0^m,49. L., 0^m,28.

PARIS. — J. CLAYE, IMPRIMEUR, 7, RUE SAINT-BENOIT. — [377]

INVITATION

A VISITER

L'EXPOSITION PARTICULIÈRE

DES

TABLEAUX

DE

EUGÈNE LAVIEILLE

HOTEL DROUOT, SALLE Nº 8

Le Dimanche 30 Mars 1873

De 1 heure à 5 heures

BOUSSATON, Commissaire-Priseur.

DURAND-RUEL, Expert.

Paris. — J. CLAYE. — [378]